Carla Caruso

ANTES
DO
OUTRO
E OUTROS CONTOS

Copyright dos textos © Carla Caruso, 2023
Copyright das ilustrações © Carla Caruso, 2023
Direitos de publicação © Editora Bambolê
Diretora Editorial
Juliene Paulina Lopes Tripeno
Editora Executiva
Mari Felix
Edição
Susana Ventura
Produtor de paratexto
Eduardo Ponce
Capa, Projeto gráfico e Diagramação
Adriana Fernandes_Órbita Estúdio
Revisão
Andrea Vidal
Dados Internacionais de Catalogação na Publicação (CIP)

Caruso, Carla
  Antes do outro e outros contos / Carla Caruso ; ilustrações da autora. -- 1. ed. -- Rio de Janeiro : Bambolê, 2023.
  ISBN 978-65-86749-46-5
  1. Contos - Literatura infantojuvenil 2. Vida -Literatura infantojuvenil I. Título.

23-150240   CDD-028.5

ÍNDICE PARA CATÁLOGO SISTEMÁTICO
1. Literatura infantil 028.5
2. Literatura infantojuvenil 028.5
Henrique Ribeiro Soares - Bibliotecário - CRB-8/9314

Todos os direitos reservados e protegidos. Nenhuma parte deste livro pode ser reproduzida, total ou parcialmente, sem a expressa autorização da editora.

O texto deste livro contempla a grafia determinada pelo Acordo Ortográfico da Língua Portuguesa, vigente no Brasil desde 1º de janeiro de 2009.

comercial@editorabambole.com.br
www.editorabambole.com.br

*Para todos os leitores que buscam,
nas histórias, uma aventura, um refúgio,
um lugar para imaginar, duvidar.
Ou pousar.*

*"Que sei eu do que serei, eu não sei o que sou?
Ser o que penso? Mas penso ser tanta coisa!*

Fernando Pessoa

Apresentação	9
Antes do outro	11
Lagartiu	21
Cartas ao tatu	37
Sobre a autora	53
Um pouco sobre a obra	55
Temas e reflexões	57
As ilustrações e a experiência de leitura	60

APRESENTAÇÃO

ESTE É UM LIVRO feito para que você entre por diversos caminhos.

Para começar, há três: aqueles que começam na página inicial de cada um dos três contos, em que jovens como você vão descobrindo lugares fora e dentro de si mesmos.

Há ainda os caminhos que você já conhece e que aparecem por aqui: os que mostram o cotidiano de famílias, da convivência com amigos e colegas, e também com escolas e livros. Como na sua vida, os livros ora têm um papel importante, ora ficam em segundo plano, permanecendo à sua espera para serem lidos um dia.

Por fim, há os caminhos interiores das personagens que, como você, estão crescendo. E, nesses caminhos, há perguntas, dúvidas, perplexidades e boas surpresas.

Crescer é mudar a pele, correr o mundo e, às vezes, voltar ao passado para encontrar ou buscar nele alguma coisa que possa ser um refúgio agradável e especial para o seu momento presente.

Antes do outro e outros contos, está com você agora. E, adivinhe: sim, é a sua vez de entrar nos caminhos oferecidos por ele! Boa leitura!

Susana Ventura

ANTES DO OUTRO

Ela não entendia. Logo que a campainha soava, insistente, Cibele corria para o quarto. Era estranho, mas detestava a chegada do pai. Estranho, não. Ele surgia intensamente nervoso, agitado, tenso, com os olhos quase arregalados de conflitos. Seria o mundo lá fora, o mundo de seu pai, tão complicado?

Ali, no apartamento espaçoso, o dia era manso com seus irmãos. A mãe tranquila, de pernas torneadas, corpo forte e um olhar azul imenso.

— Cibele, você já fez a lição? — a mãe perguntava.

— Já, já — dizia a menina — e enrolava-se em brincadeiras até a última hora. Tantas coisas pra fazer e entender ao longo do dia. Dias felizes. O dia. No começo da noite, a mudança: de lago calmo a um mar tremendo de ondas agitadas. Os irmãos, um mais velho e o outro menor.

— Crianças, é hora do jantar – chamava a mãe. E desabava escura, naquela mesa redonda e lisa, a angústia do pai.

Os ouvidos dos três irmãos tão acostumados aos timbres altos e sonoros das vozes cheias de conflitos. A menina olhava aflita para a discussão entre os pais, que enchia a sala. As paredes brancas pareciam escurecer. Ela olhava embaixo da mesa. Os pés de todos. O menor já estava lá perto das pernas da mãe, como se quisesse segurá-la. O mais velho com as pernas cruzadas, tensas. E Cibele via os próprios pés descalços, inseguros. Não conseguia comer nem se esconder. Tinha vontade de ir para seu quarto. Às vezes, fixava o olhar no prato e encontrava nas bordas pequenas florezinhas rosas, salpicadas pelo molho vermelho. Naquele dia, macarrão à bolonhesa. E a menina fazia desenhos com o garfo. Uma pequena borboleta.

E os gritos intensos. Até a chegada do silêncio e a costumeira fala da mãe:

— Come, Cibele! Alexandre, senta na mesa! E você, Marcelo, já terminou?

Iniciava o jornal da TV, antes da novela. As notícias pareciam trazer mais tensão para o ar daquela sala:

— Esse país não tem jeito! Uma revolução! Re-vo-lu-ção! Só isso pra resolver — dizia o pai, já tomado com as notícias.

Cibele terminava seu macarrão. O mundo lá fora era realmente muito complicado. Lá fora? "O que seria uma revolução? Algo parecido com o que acontecia na mesa? O mundo estaria tão errado assim?", pensava.

Na escola das freiras azuis, aprendia História; um professor dizia maravilhas sobre o Brasil e tudo parecia tão organizado, coerente e calmo! No entanto, a menina duvidava um pouco, pelo menos quando se lembrava do seu pai falando sobre a revolução. Mas o Brasil, para ela, era tão verde no mapa... Enorme, perto dos outros países. E parecia tranquilo, equilibrado.

O sinal tocava e, no recreio, vozes por todos os lados. Gritos, bolas. As crianças jogavam queimada. Cibele, às vezes, corria para a biblioteca, terminava a lição. E ali, naquele lugar com um cheiro bom e janelas altas com grandes persianas, ficava em paz. Não sabia por qual motivo buscava, nos espaços da escola, lugares isolados, secretos, incomuns. Encantada, seguia por escadas que davam para andares pouco usados, corredores escuros. A capela, tão fresca e com janelas que se abriam para muitas árvores. Sempre ficava intrigada com a cruz e o Cristo — na verdade, não era bem intrigada, mas impressionada com aqueles pregos e feridas.

Muitas vezes, corria com os amigos pelas escadarias que levavam ao salão do teatro. Ali havia o palco, escondido atrás de uma cortina de veludo verde-musgo pesada, com cheiro de mofo. Cibele achava graça em tomar lanche naquele lugar nada comum, mas não era seu lugar preferido, nem o de seus amigos.

Numa manhã nublada, quando todos já haviam terminado o lanche, Cibele foi ao banheiro. Na volta, passou em frente a uma porta já conhecida que, sempre fechada, guardava um jardim. Ela tentou abrir: fácil, não estava trancada. Ao entrar, no meio de duas árvores viu um elefantinho de mola amarelo. Quando bem pequena, brincava nele.

— Ah, então está aqui este velho brinquedo que antes fazia parte do parquinho lá de baixo — falou para si.

Teve uma sensação boa ao ver o tão conhecido elefante naquele espaço novo para ela. Realmente, não era um jardim usado pelas crianças. Parecia esquecido. Ela subiu no elefantinho e riu por dentro ao se ver tão grande. E ele, que parecia enorme quando ela era pequena, lembrou-se.

Durante os recreios, quando Cibele se cansava um pouco de tanto brincar com seus amigos, dava uma passada pelo jardim do elefante. No começo, ia sozinha, como se fosse um segredo só seu. E permanecia quieta, ouvindo nada. Gostava de se sentir sem ninguém. Um frio na barriga, de repente. Então saía.

Um dia, porém, levou os amigos para seu jardim, que já parecia um esconderijo. E, juntos, eles descobriram mais coisas. Uma passagem de cimento que dava para o nada — mas era uma passagem. Às vezes, era ali mesmo, no lugar mais seco e cinza do jardim, que eles desembrulhavam os lanches e comiam pães com geleia.
Triiiiimmmm.
— O sinal! — diziam todos, e saíam correndo. Chegavam ofegantes na fila, e rindo.

De vez em quando, Cibele ainda visitava o jardim sozinha, para ter aquela sensação estranha de se sentir quieta, talvez porque em sua casa sempre houvesse muita briga. "Queria tanto que meu pai ficasse mais calmo...", pensava.

E os lugares de que a menina mais gostava na escola pareciam sempre ter uma novidade. Certa manhã, bem cedo, ela foi à biblioteca para fazer sua lição e descobriu um livro de capa dura verde em cima do balcão. O livro a intrigou. Chamava-se *O Jardim Secreto*. Tinha um cheiro de guardado e muitas páginas.

Cibele tinha um pouco de preguiça de ler livros muito grandes. — Mas o que teria naquele jardim? —, pensou. Ela gostava de histórias. Estava acostumada a ouvir. A ler, menos. Perguntou à bibliotecária se poderia levá-lo.

— Claro! — disse a moça tão simpática. — É uma história bonita.

Cibele preencheu a ficha. Levou-o para casa. O livro ficou algumas semanas na sua mesinha de luz. Gostava de ver as figuras. Uma menina feia e emburrada na primeira página. E mais crianças nas outras. Um menino doente. Um jardim. Uma chave. Os jantares tensos de sua casa desconcentravam Cibele. E o dia manso, entre lições e brincadeiras, a distraía. Por isso, não lia o livro. Às vezes, espiava a primeira frase, mas não continuava. Preferia imaginar a história daquela menina emburrada. E ela se sentia assim também depois que o pai chegava.

Cibele não leu o livro. Devolveu-o. Um dia, voltaria a pegá-lo.

— Nas férias, está bem? — falou baixinho para o livro e para a menina emburrada do desenho.

E sussurrando ainda mais:

— Em julho, naqueles dias frios e chuvosos em que não poderei sair para brincar, vou te ler – disse, como se fosse um segredo dela com a menina do livro.

Depois da mesa, depois do jornal e da TV desligada, a mãe ia lavar a louça. Os irmãos na sala. O pai lendo um livro no quarto. Ela, escondida, de gatinho, ia espiar a mãe. Achava engraçado vê-la de costas e não ser vista.

A torneira era fechada, a mãe enxugava as mãos no avental. Cibele, silenciosa, corria para o quarto, rindo. Não fora vista. Antes, passava pelo quarto onde estava o pai, e espiava. "Tão quieto, tranquilo... Por que ele não é assim durante o jantar, poxa?", pensava a menina.

E enfim, bem tarde, juntos, o sono nos olhos de todos. Era nesse momento que o pai chamava os três para a história antes de dormir.

— Não, hoje não quero — dizia Alexandre.

— Nem eu — dizia Marcelo.

— Ah, não! Vou dormir — falava Cibele, um pouco magoada com ele.

— Então, vou contar aos meus coelhinhos que moram aqui — dizia o pai.

— Onde?

— Onde?

— Onde?

Ela não entendia.

Os fantásticos personagens que saíam da boca e dos olhos novos do pai, agora outro.

LAGARTIU

Anda quieto, calado. Nos últimos dias, deu de sumir por longas horas e só voltar com o céu bem escuro. Ninguém sabe para onde ele vai, muito menos o que faz. Ali, naquelas terras onde a cana pinta a paisagem de verde e os meninos vivem soltos, brincando pela rua, não se sente tanto sua falta. Nem o pai nem a mãe, que no tempo da colheita passam o dia na lavoura. Época em que a fuligem escura invade as casas. Mas, naquela sexta-feira, se deram conta. Anoiteceu e ele não voltou.

Sebastião herdou o nome do avô paterno. O pai, José, sempre conta da época em que o velho vivia montado no cavalo, cuidando de suas terras.

— Foram outros tempos. Tudo se perdeu — repete seu José e olha para o horizonte, como se para lá estivessem escondidas as alegrias.

Agora, a família mora na casa da antiga fazenda, não muito grande, mas com espaço para todos e um grande quintal. O garoto é o filho do meio. Seu irmão, bem mais velho que ele, e sua irmã, um pouco mais nova. Sebastião chegou de surpresa, Francisca, sua mãe, nem esperava. Há tempos que tentava engravidar depois do Pedro, e nada. Quando descobriu, esperava um bebê, já eram os últimos meses.

— Foi mais um bênção — conta sempre Francisca.

O pai, ao olhar para ele assim que nasceu, o achou parecido com seu pai. Daí o nome igual. Mas Sebastião, quando tinha seus oito anos, vendo a foto do avô, disse:

— Não sou nada parecido! — e nem deu bola para a cara de decepção de seu pai. Sebastião, com sua maneira silenciosa e suas respostas inusitadas, sempre surpreendia a todos.

O mais espantoso, porém, foi algo que aconteceu com ele na passagem dos doze para os treze anos. "Cresceu demais", diziam, principalmente os adultos. Quando alguém dava de cara com ele, levava um susto:

— Que estirão!

— É você mesmo, Bastião?

Tornou-se o mais alto da turma da escola, e essa altura parece ter impactado o menino. Antes, mesmo sendo tímido e na dele, participava de quase tudo que

rolava entre os colegas. Sempre conseguia as melhores notas, era o aluno que mais retirava livros da sala de leitura. "Um oásis", dizia Sebastião para a professora responsável pela pequena biblioteca. Quando descobriu que, além de ler ali naquele espaço destinado aos livros, poderia também levar para casa e ter a história escolhida antes de dormir, quase não acreditou. A primeira vez que levou um para casa, ao se acomodar no ônibus, colocou o livro no colo quase como se cuidasse de um gatinho novo. Passava a mão, olhava encantado.

Contudo.

As coisas pareceram perder o sentido naquele verão. A escola o deixava impaciente, os livros começaram a não dizer nada para ele. Ele mesmo não se reconhecia mais, se assustava quando olhava no espelho, manchado de tão velho, do quarto da irmã, Maria. "Sou eu mesmo?". "Agora sou um gigante", sussurrava, e estufava o peito. Sentia-se quase um adulto, perto de completar treze anos, e isso era aterrador. Ele não sabia exatamente o porquê, era incômodo demais. Mas uma coisa era certa: não estava a fim de ficar obedecendo a tudo e a todos. Tinha raiva da situação que via em sua casa. Muito trabalho. Os pais cansados até os poros. Seu irmão mais velho também indo ajudar na lavoura. Só ele e sua irmã ficavam em casa, com a avó Odete, e seguiriam estudando até o colegial. Depois. Aí é que Sebastião sentia um calafrio.

Depois.

O ônibus que levava e trazia as crianças da roça para a cidade passava por uma longa extensão de mata. Diziam que havia onça. Sebastião, um dia, virou para Joselino, seu melhor amigo, e disse:

— Vamos, Joselino, entrar e acampar lá dentro?

— Eu, hein! Cê tá é doido, Bastião!

— Tô. — E, dizendo isso, nem reparou na cara de surpresa do amigo. Olhou pela janela e a mata continuava ali, quilômetros e quilômetros. Depois vinha a mata de eucaliptos enorme, seriada. Pensava: "Queria mais é escapar dessa monotonia, desse ar quente e amarelo, dessa escola, dessa vida... Dessa cidade pequena, mínima, onde quase todo mundo se conhece e trabalha na mesma e eterna cana".

Sebastião ficou mais atento aos caminhos, à estrada. Assim passou o mês, como que ensaiando. Ficava se vendo na sua bicicleta percorrendo a rodovia, respirando um ar novo, indo para onde bem entendesse. Joselino, que sempre se sentava ao lado do amigo no ônibus, não entendia nada. No começo até tentou puxar assunto, mas desistiu. O amigo não dava a mínima bola, não era o mesmo, e não só no tamanho.

Assim.

Na tarde de uma segunda-feira, muito ensolarada, depois de dias de chuva, ele juntou duas garrafas de água na mochila, a merenda que pegou a mais na escola e subiu na bicicleta. "Será que devo ir mesmo?". "E se tiver onça?". Tremeu um pouco, no entanto, sussurrou para si mesmo: "Deixa de ser molenga, medroso". E foi.

Nesse dia, veste uma camiseta verde-bandeira e calça seu tênis mais novo. Sobe na bici, ajusta o pedal. O banco tinha que ser muito mais alto que o de costume. Pedalar, agora, era diferente; as pernas tão grandes pareciam fazer um círculo completo, uma volta ao mundo, redondo, enorme, do tamanho dos seus desejos.

A rodovia, nesse início de tarde, está vazia. Sebastião sente o cheiro da cana, um cheiro enjoado, pegajoso. Às vezes, passa um caminhão, um carro, um ônibus. Mas, na maior parte do tempo, ele pode sentir o caminho aberto, só para ele. Nunca havia se afastado tanto de sua casa sozinho. Sempre estava ou no ônibus da escola ou no velho carro de seu pai. De bici já tinha ido para outras bandas com seu irmão, mas na direção que dá para a mata, nunca.

Sente algo estranho em sua barriga, um vácuo. Experimenta um ímpeto forte de parar, voltar. Nessa hora, força uma reação contrária, pedala mais e mais. Segue.

Suado com o calor e tanta emoção, vê a paisagem passar lenta. Apenas um cheiro novo surge misturado ao adocicado da cana, mais penetrante, fresco — o garoto se aproxima da floresta de eucalipto. Pedala lentamente. Respira fundo. A mata é quieta. Ele sente

uma vontade enorme de entrar ali. Para. Nem quer olhar para trás. Avança devagar, ouve apenas o barulho do rodar de sua bici, agora do seu lado. Quase sussurra para ela algo do tipo: — Silêncio —. Os eucaliptos são enormes, a profundidade bem maior do que ele pensava. "Esquisito. Parece que não existe nada aqui, nem um pio." Seguia com seus pensamentos, que rodavam. Quando.

Um barulho forte, repentino, inesperado. Olha para trás. Um galho caído. Isso fez seu coração dar pulos. Só acalmou quando o silêncio, quase mortal, cobriu tudo novamente. Encostou a bicicleta num eucalipto. Seguiu sem nada. — Que aflição, não tem nem uma mosquinha. Será que pirei? Nada. — Senta, encosta numa árvore e fica sentindo o nada. Por alguns minutos apenas, pois adormece levemente. Desperta com sua cabeça tombando para frente. – Arre, acorda, moleque! —, diz para si. Ao sair, bebe quase que a garrafa inteira de água. O sol está alto e ainda forte. Olha seu celular: — Faz duas horas, já...

Corre alguns quilômetros. Quando o cheiro atordoante de muita vegetação o envolve, topa com um bicho. O bicho olha para ele, e ele para o bicho. Uma capivara das grandes, que entra na mata. Ele a segue. No início, tudo é espaçoso, caminha com sua bici ao lado. Aprofunda como pode. "Mas ela não tem fim". Suas pernas tremem. Sente um medo que nunca experimentou. Receia se perder, mas do ponto em que se encontra ainda consegue avistar a estrada. A capivara some. Cauteloso e atento aos barulhos, dá um novo passo, trêmulo, mas enfim anda, com um pouco mais de coragem, acompanhado de piados e zumbidos. Num momento, tem de deixar a bici para continuar, a mata torna-se densa. "Será que tem cobra? Arre, que eu nem sei o que vim fazer aqui". Avista uma pequena clareira com um riozinho. Olha para trás, é possível ver sua bici, mas a estrada não mais. Ultrapassa cipós e uma folhagem grossa até alcançar a clareira.

"Ufa!" Senta-se numa pedra e permanece ali, quase não acreditando naquele frescor, que chega a ser frio; sua pele se arrepia toda. A luz se espalha salpicada. Ora aqui, ora ali. De repente, avista um lagartiu, bem pequeno, ainda verde. Depois outro. Bem debaixo de uma pedra. Observa. Os dois quietinhos. Na cidade, quando aparecia um dos grandes, algumas pessoas caçavam e comiam. Tinha gente que chamava teiú. Ele sempre conheceu como lagartiu. Mas pequenos assim, nunca tinha visto. Sabia que eram filhotinhos pela cor verde. Aproxima-se de mansinho e consegue agarrar um; o outro escapa. O bichinho se assusta no começo, depois relaxa. Ele o coloca no colo, ainda segurando com certa firmeza. Percebe que o lagartiu está trocando de pele. Sebastião arranca os pedaços soltos e vem surgindo uma pele linda, brilhante. De um verde intenso. "Será que levo para casa? Ih, acho que ninguém ia gostar. E vai que ele cresce e depois alguém mata pra comer. Não. Melhor ele ficar aqui. Sei que ele come inseto quando é pequeno. Bem que eu queria ter um punhado." Olha ao redor e vê uma formiga enorme. Estica a mão e, com cuidado, pega com as pontinhas dos dedos. Aproxima o bichinho da boca do teiú, que mostra uma língua rosa. Engole o bicho. "Ah, você está com fome, né?". E segue caçando os mais diferentes insetos. Quanto tempo passa ali, não se sabe, mas um vento mais forte atravessa a mata, fazendo tudo chacoalhar. Sebastião leva um susto. Olha seu celular, 5 da tarde. "Eu tenho mais uma hora para voltar", respira fundo. Coloca o bicho debaixo da pedra, meio que não querendo. E um pensamento o deixa tranquilo: "Amanhã volto".

Pedala.

Em casa, ninguém percebe nada. Só a Maria que pergunta aonde ele foi; ela e a vó o chamavam para o lanche e nada. "Andei de bici.", disse, e foi para o quarto. A avó lança um olhar para Maria e sorri. Seus dias começaram a ser assim, sempre misteriosos. Parecia que a vida agora tinha voltado a ter algum sentido. Ter um lugar longe de casa, só dele, era algo novo. E seus dois teiús cresciam — sim, porque o outro também se aproximou dele. Sebastião sempre levava um saquinho cheio de insetos. Já explorava a mata como se fosse dele. Encontrou até uma pequena caverna. Era uma formação de pedra, possível de entrar e ficar deitado e sentado. Essa caverna deu ideias a Sebastião...

Toda vez que preparava sua mochila, colocava mais coisas: fósforo, álcool, papel. Uma blusa mais grossa e até uma pequena mantinha velha da avó. "Hoje eu durmo lá, não volto", dizia para si. Mas nunca teve coragem, até chegar aquela inusitada sexta-feira.

Como de costume, estava sentado na pedra alimentando seus bichinhos, que cresciam. Nessa tarde cheia de nuvens, ouve um som estranho. Seu corpo fica rígido — podia ser de onça! Arrepio gelado. Mas o rugido se perde na mata. "Era onça", sussurra para si. E coloca um dos bichinhos no colo.

— Nem sei que felicidade é essa de ficar aqui.

O teiú olha para ele. Sebastião continua:

— Acho que essa história de viver da cana não tem nada a ver comigo. Eu não queria fazer como meu irmão, de ir trabalhar na lavoura. Tanta coisa no mundo pra ver, pra fazer. Eu quero ver o mar, ir à praia. Fico seco de vontade quando vejo as ondas. Outro dia, vi na internet um surfista pegando uma gigante!! Sei lá. E eu aqui.

E arrancou o finalzinho da pele velha do rabo do teiú.

Nem se dá conta, mas passa da hora nessa tarde. Só percebe quando o tempo vira de repente. Um vento muito forte balança as árvores, e o lagartiu pula do seu colo, vai para debaixo da pedra. A água do riacho encrespa. Raios, trovões, e a chuva começa a cair com tudo. Sebastião se levanta correndo, pega sua mochila, vai para a pequena caverna. Se encolhe, uma sensação glacial percorre seu corpo. Cobre o rosto com a mantinha da avó. O barulho é ensurdecedor, galhos caem.

Anoitece.

Parece que toda a chuva do ano resolve despencar nesse único dia. Sebastião não tem como sair dali. Não há sinal de celular. Não pode avisar ninguém, nem pedir ajuda. Vê o riacho transbordar. E a escuridão é imensa. Treme de frio. Tira os papéis e o álcool da mochila, mas nada de galhos secos. Fica alerta. Ao ouvir qualquer barulho estranho, risca um fósforo e queima um papel. Por um minuto, um pouco de luz. E, assim, passa a noite. Até a exaustão, quando adormece.

Um pio.

Na primeira luz da manhã. Sebastião abre um olho, depois outro, não tem noção de onde está, num primeiro momento. Vê seus lagartius, que chegam bem perto. Ele os acaricia. E se aflige. Levanta. A chuva continua, mas a claridade da manhã ajuda. Pula a mata densa.

Pedala sem pensar, numa chispa, e chega até a porta de sua casa.

— Sebastião! — grita a avó da janela!!

— Sebastião, meu filho. Onde você tava? — pergunta a mãe, que sai correndo pela porta.

— Mas esse moleque é atrevido demais — diz o pai, vindo logo atrás.

— Fiquei preso na chuva!
— Onde? — pergunta o pai.
Sebastião não queria dizer onde. Seu esconderijo era secreto. Então mentiu.
— Entra já, e vai tomar um banho quente. — A avó salva o garoto das outras perguntas do pai, que iam voar como flechadas.

Ele corre pra dentro, está tremendo de frio.

Liga o chuveiro quente e sorri.

Troca de pele.

CARTAS AO TATU

— Passei dos 10, Marina! Agora, entrando nos 11, que não estão nos dedos das mãos. Elas não dizem quantos anos eu tenho. E ainda o número parece que saiu da casca de um ovo, o zero vira 1 com sua cabecinha dizendo: "Oi, companheiro! Temos o mesmo tamanho. Nasci!". E começamos tudo de novo: 1, 2, 3, 4..., só que sempre acompanhados do 1.

— Hahaha! Frederico, só você para pensar algo assim tão bizarro. Aliás, que papo... Parabéns, fez 11 anos!! diz Marina, meio que cortando o amigo, enquanto arqueia as sobrancelhas e arruma a mochila para descer do ônibus.

Frederico sorri, mas por dentro sente uma ponta-da no estômago. Pensava que poderia impressionar Marina com essa última observação, que ele achou tão legal. Mas, ultimamente, é sempre assim: as ideias dele têm se transformado em riso, em julgamento. Tudo é bizarro, estranho. "De que planeta você veio, Frederico?" "Ah, para, vai!!" "O quê?" Como naquela aula de Ciências. Frederico levou a Catarina. Passeava pelo seu braço. As meninas gritavam, os meninos riam. O professor arregalou os olhos, dizendo: "Frederico, melhor guardar sua lagartixa." Depois, todo mundo no recreio gritava: "Lá vem a lagartixa vermelha!" e se afastava como se Frederico pudesse queimá-los.

Mas Fred não fazia para aparecer. Ele realmente gostava do mundo dos animais. Desde bem pequeno, ainda nem sabia ler quando se interessou pelos bichos do seu quintal e passou a levá-los para dentro de casa. Já havia saboreado alguns caramujos. Sua mãe, às vezes, relembrava os sustos e o nojo ao ver aqueles bichos moles com as casquinhas todas quebradas na boca de seu pimpolho. Uma vez, Frederico encontrou um inseto cheio de antenas e perguntou ao recém-descoberto: "Você é do espaço?". O bicho respondeu que sim, mexeu a cabeça para cima e para baixo. Naquele momento, Frederico teve a certeza de que outros planetas habitados poderiam existir.

Mas nada disso interessava mais aos seus colegas, muito menos à Marina.

— Olha a bola, Frederico! — grita Eduarda.

— Ah, profe!! O Frederico tem mesmo que estar no nosso time? Poxa! — reclama Roberto.

Frederico encolhe os ombros. É difícil jogar vôlei — na verdade, tem certo medo da bola. "Que perda de tempo, aula de Educação Física!", pensa Fred. Não chega a ficar superchateado com o sarro que os amigos tiram dele como esportista, mas sente as tais pontadas. São no estômago, no peito.

Apesar de tudo, segue sendo ele mesmo, fala o que pensa. Na última aula de Gramática, quando disse que a palavra *Láctea* de *via Láctea* tinha a ver com leite, a classe desabou: "Nerd!" "Conta outra!". Chegou a ouvir um "Tonto!", bem baixinho. Até que a professora Marta disse: "Isso aí, Fred!". A classe silenciou, mas ecoava em seu ouvido o "Tonto!" vindo lá do fundo. "Que chatos a Mônica e o Luiz quando se juntam...".

A aula prossegue, a professora faz a classe viajar com a origem de algumas palavras. Mas Frederico silencia; vem um frio na barriga, um estranhamento.

Fred entra para os seus 11 anos superanimado. Seus pais, a família toda festejam muito. Mas as pontadas começam a ficar cada dia mais dolorosas. Era ele abrir a boca para falar algo que já vinha toda aquela enxurrada de risos, tiração de sarro. Como se ele se tornasse, de repente, o bobo da corte. O tal "tonto". Aquele que vive em outro mundo. Tudo o que sempre foi valorizado entre os amigos: sua curiosidade, sua criatividade agora parecem motivos para deixá-lo em ridículo, sozinho. "Poxa, o que tenho de errado?". Foi então que Frederico começou a se retrair: fala menos, bola poucas ideias para os trabalhos em grupo. Porque na última vez que propôs ir visitar o Museu do Folclore...

— Não viaja, Fred! — diz Eduarda.

— Mas não é viagem, é demais o museu. Vocês sabiam que os primeiros espantalhos eram...

— Cara, dá um tempo! — corta Roberto.

— É que... — Fred não consegue terminar a frase, sente uma pontada.

— Muito trabalho. A gente pega tudo na Wiki! — diz Marina.

Fred fica com um nó na garganta, se fecha. "Tenho vontade de cavar um buraco e me esconder, igual ao tatu daquele livro..."

Ao chegar em casa, fica angustiado, não sabe como se acalmar. Encontra um caderno velho do ano anterior, deita na cama, folheia as páginas displicentemente e vê algumas em branco. Risca, rabisca, até que surgem palavras soltas, frases e, enfim, grandes parágrafos. "Ninguém pode imaginar que escrevo. Vão dizer: "Ah, fazendo diários? Hahaha! Coisa de menina" "Parece brincadeira, mas o caderno é meu melhor amigo. A Marina, com quem eu conversava tanto, está insuportável e só tem olhos para o Roberto. Me trata como se eu fosse uma criancinha." Frederico arranja um jeito de nunca mais sair de casa no mesmo horário, para não topar com a Marina no ônibus. Na classe, presta atenção na aula, mas não se lança a fazer perguntas ou a trazer algo novo sobre o tema. A professora Marta, de Português e Literatura, é a que mais estranha a mudança de Frederico. Sempre tão participativo e, de repente, apagado num canto da sala. No dia em que trabalha o tema das onomatopeias, brinca:

— Psiu, Psiu, Fred! Cadê você?

— ZZZZZZZZZZZZZZZZZZ — responde Fred, fazendo cara de sono.

A classe ri. A professora Marta o observa com mais atenção. Tem vontade de chamá-lo para conversar. Porém, não faz isso.

"Sonhei que era um tatu com uma casca bem dura." — escreve em seu caderno. — "Luiz e Mônica atiravam pedras contra mim, e eu me escondia dentro da casca. O mais estranho do sonho é que eu me senti mesmo tendo uma carapaça, sendo um bicho. Minhas unhas eram enormes; era a minha mão, mas com unhas de tatu. Quando comecei a cavar um buraco, encontrei uma folha de caderno com algo escrito que eu não conseguia decifrar."

Nesses fios emaranhados entre realidade e sonho, Fred se sente mesmo como um tatu. Olha mais para o

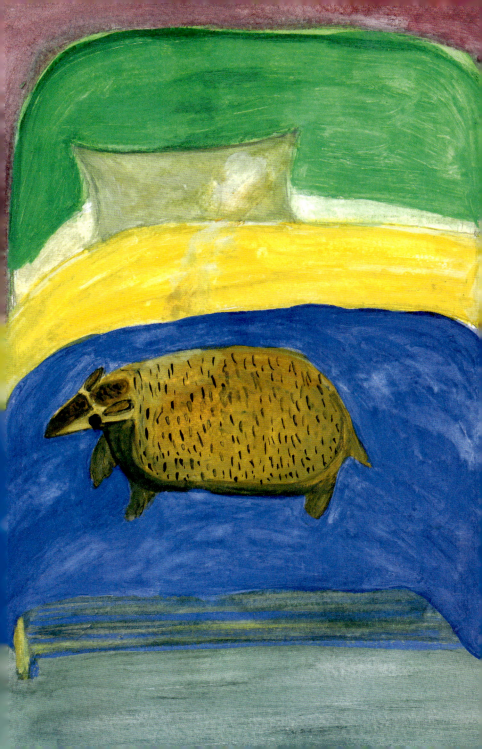

chão, observa os buracos nas árvores, os cantos escuros. Em sua casa, tudo quase igual. A mãe e o pai gostam das ideias de Frederico, mas ele retruca:

— É porque vocês são meus pais, e eu sou filho único, por isso que gostam.

— Fred, que bobagem! Por que você diz isso? — contesta a mãe.

— O que está acontecendo, Fred? — pergunta o pai.

Fred dá de ombros e não diz nada; se tranca em seu quarto. Ali, sim, pode se sentir tranquilo. Sem elogios nem nada. Sem os olhos ou opiniões dos outros sobre ele.

"Onze anos, que bela surpresa!", pensa enquanto o ônibus sacoleja para lá e para cá. "Marina adorava minhas brincadeiras no ano passado; até respondia meus bilhetes cheios de desenhos de extraterrestres. Sei lá, agora tá difícil até desenhar algo, tudo parece que é de criancinha! Somos pré-adolescentes. Isso de ser *pré* é algo bem chato. *Pré* vem antes de algo. Antes de ser ADOLESCENTE — ô palavra longa!"

Fred abre o guarda-chuva, desce do ônibus, avisa à mãe, pelo celular, que chegou à escola. Arrasta a mochila, se atrapalha todo para fechar o guarda-chuva quando aquela menina de olhos bem pretos pega seu celular do chão e lhe entrega.

— Obrigado.

A menina apenas dá um sorriso tímido e entra.

"Nunca reparei nessa garota. Acho que ela é da outra

classe." Seu pensamento dá mais uma volta: "Primeira aula... ufa, Literatura e Gramática. Nem posso comentar que é uma das aulas de que mais gosto...".

— Hoje vou propor algo novo — diz a professora Marta. — Vocês lembram que a gente veio estudando os vários tipos de textos? Cartas, *e-mails*, aplicativos de mensagens? Enfim, vou propor um jogo. Um jogo em que vocês terão que escrever uma carta para um colega de outra classe. Vou sortear as duplas. A regra é: os colegas da classe B começam, enviam uma carta para vocês. Daí, vocês respondem e se inicia a correspondência.

— Fala sério, profe! Carta?! — comenta Marina.
— Falo sim. — diz a professora Marta.
— Tô fora! — diz Luiz.
— Vale ponto! — retruca a profe, sorrindo.

Frederico observa a professora: olhos brilhantes feito estrelinhas, sorriso largo, empolgada com suas ideias, como sempre.

— E a gente vai ter que entregar pra você? — pergunta Frederico.

— Não. Tenho esta caixa aqui, olha; tem até o logo dos Correios. Vocês vão depositar as cartas, com envelope e selo, coladinhas, dentro dela.

— Mas depois você vai ler as cartas? — pergunta Mônica.

— Não. Vou apenas acompanhar o movimento das cartas. Então, hoje sorteio as duplas. Dura dois meses essa atividade. Na próxima aula, aguardo seus envelopes. Bem, vou ali e já volto. Falei com o professor de Inglês e ele liberou a classe B.

A turma explodiu em comentários dos mais variados: "Voltamos pro século passado!", "O que que eu vou escrever?", "Eu, hein! Cada uma que a professora Marta inventa...". Frederico ficou em silêncio, ria por dentro. Adorou a ideia, mas nunca se arriscaria a falar nada.

A professora volta a se juntar aos alunos. Já tem um saquinho com os nomes dos participantes das classes A e B. Alguns já se conhecem, estudaram juntos em anos anteriores. O sorteio é o maior auê: risadas, gritos entre amigas Uma garota, a Eduarda, fica com as bochechas vermelhas, sem graça; cai justamente com o menino de que sempre gostou. Quando a professora diz:

— Bem, a última dupla será... Frederico e Amanda. Amanda! Cadê a Amanda?

— Aqui! — Estava atrás de todos, tímida. Falou tão baixinho que parecia sussurrar.

"Então é ela, a que pegou meu celular." Os dois se olham.

— Bem, as duplas já estão formadas. Nesta primeira semana, vocês se observam, se acompanham. Se já se conheceram em outros anos, podem começar por alguma lembrança. Sempre é bom se apresentar na primeira carta, mas é livre. Aguardo esta caixa bem cheia.

No ônibus, Frederico olha pela janelinha e observa os carros enquanto pensa: "O que será que a Amanda vai escrever pra mim? Ainda bem que ela é a primeira, porque sei lá o que eu ia dizer: "Olá! Sou o Frederico. Estudo aqui no Camões desde que tenho 3 anos. Gostava mais da escola antes e..." "Não, não, nada disso. Ah, a professora inventa cada uma...". Frederico tranca a porta do quarto. Não quer que sua mãe veja que ele está relendo o livro do tatu Vítor. Nas pausas de leitura, escreve: "No sonho, de novo sou um tatu. Cavei um túnel profundo e me senti tão bem no escuro..." Começa uma frase e risca; recomeça e, enfim, consegue escrever: "A Mônica e o Luiz pegaram pesado dessa vez. Me jogaram água na aula de Educação Física e disseram: "Xô, Catarina! Xô, lagartixa!" Pela primeira vez, gritei muito com eles; foi pior: eles riram mais ainda. Tenho que achar um jeito de retrucar. Mas como?".

Essa pergunta ronda o garoto por um tempo, sorte que os dias não são iguais, e, entre os momentos claros e escuros da vida de Frederico, algo muito especial aconteceu: as cartas de Amanda. Tímidas e bem formais foram as primeiras. Mas na quinta, quando Amanda contou que *"Sabe, quando eu tinha uns sete anos, encontrava um monte de tatus-bolas no jardim do prédio e levava num saquinho pra casa (quando digo um monte, é um monte mesmo!). Dividia em dois grupos: as meninas e os meninos.*

E fazia assim: de um lado, todos os Renatos e, do outro, todas as Renatas. Eu inventava disputas entre eles: a princípio, ficavam todos bolinhas; depois se abriam e andavam. Daí, eu fazia experiências: colocava um Renato invadindo o campo das Renatas, mas o Renato virava bola, porque eu o pegava na mão. Daí, ele acordava, quer dizer, se desenrolava, e ia andar entre as Renatas sem medo.".

Ao ler essa carta sobres os tatus-bolas, Frederico abre seu coração e conta todas as suas experiências, até a constatação de que outros planetas habitados existiam, graças àquele inseto superdiferente.

Nos recreios, eles passam o tempo todo conversando. Ela também, como Fred, gosta de ler. Frequenta a biblioteca do bairro. Frederico nunca havia estado em uma biblioteca pública; comprava livros e retirava sempre da biblioteca da escola.

— Estou lendo *O Jardim Secreto*, Fred.

— E o que tem nesse jardim?

— Ah, é difícil te dizer, mas a história é de uma menina que perdeu os pais, mas que nunca tinha sido muito querida.

Fred pôde contar do *Tatu*. Era um livro bem menor do que o de Amanda, mas ela amou a história e pediu emprestado. Fred, por vezes, se esquecia das chatices dos outros amigos. E os dois foram se tornando tão amigos e companheiros que Amanda numa carta escreveu: *Caro Tatu Fred...*

Quando a turma viu que Amanda e Fred estavam sempre juntos, o zum-zum-zum começou baixinho e, depois, foi aumentando de volume: "Tão namorando, tão namorando!". Daí, foi a vez de Fred dizer: "Ah, para com isso, cara!" "Se liga, Roberto." A Marina olhava de longe, parecia surpresa com o amigo. Na turma deles, não tinha nenhuma dupla de menino e menina que passasse tanto tempo junto.

Na aula da professora Marta, Fred se solta. Depois de trabalhar sufixos e prefixos, ela pede aos alunos que deem exemplos de palavras.

A classe fala toda ao mesmo tempo: transformar, prosseguir, ingerir.

— Desmonte! Catalisador! — diz Fred.

E, lá de trás, a voz baixinha do Luiz:

— Ui, ui, a Catarina tá falando.

— Ultratonto! — Mônica completa.

— O ultratonto da Amanda que manda e desmanda... — diz Luiz, que cai na gargalhada com a Mônica.

Fred escuta. Dessa vez, não tem nenhuma pontada, nem vontade de gritar. Sente a carapaça do tatu envolvê-lo dos pés à cabeça. Levanta, vira para trás, o coração batendo forte. E, com a voz firme, sem nem ficar vermelho, diz:

— Podem falar alto, Luiz e Mônica. Acho que a classe quer ouvir suas novas palavras.

Mônica e Luiz se surpreendem. A classe parou para olhar.

Um silêncio. A professora pergunta, mas Mônica e Luiz não respondem nada. Frederico, aliviado, sorri e volta a se sentar.

Já no ônibus, o retorno para casa é diferente. Pela pequena janela, olha as nuvens.

Flutua.

SOBRE A AUTORA

CARLA CARUSO nasceu e cresceu em São Paulo. Atualmente, ela vive em Montevidéu, no Uruguai. É formada em Letras pela Pontifícia Universidade Católica (PUC-SP).

Desde muito pequena, gosta de ouvir histórias e, ao aprender a ler, mergulhou no mundo dos livros e se encantou com muitas páginas. Até hoje a leitura faz parte de sua vida, promovendo diversas viagens pelos mundos incríveis que existem em cada livro aberto.

Escreve romances, poema e contos para jovens e crianças. Em suas páginas, sensações, memórias e lembranças se entrelaçam para despertar o encantamento em diversos leitores.

Carla Caruso é uma escritora que gosta do contato com os leitores e dessas conversas ela tira material para suas criações literárias. Uma das narrativas de *Antes do outro e outros contos* surgiu a partir de um desses bate-papos com os leitores.

Como escritora, recebeu diversos prêmios, dentre eles o Jabuti, duas vezes, sendo uma em 2001, pela obra *Almanaque dos sentidos*, e a outra em 2016, pelo livro *Sete janelinhas, meus primeiros sete quadros*, escrito em coautoria com May Shuravel.

Além de escritora, Carla Caruso também atua como ilustradora, sendo também de sua autoria as ilustrações de *Antes do outro e outros contos*.

Ao lado de autoras contemporâneas como Mariana Brecht, Bíbi da Pieve e Rosana Rios, Carla Caruso tem a escrita marcada pelo tom poético dado ao tratamento de temas relevantes para o público jovem. Com muita sensibilidade e fazendo uso de imagens inusitadas que trazem um novo olhar para elementos do cotidiano, ela consegue emocionar os leitores ao mesmo tempo em que promove reflexões sobre o amadurecimento, vida familiar e outros temas característicos da infância e da adolescência.

UM POUCO SOBRE A OBRA

AO REALIZAR a leitura das narrativas que compõem o livro *Antes do outro e outros contos*, você pôde conhecer Cibele, Sebastião e Francisco, os três protagonistas pré-adolescentes vivendo os dramas e as descobertas da idade.

"Antes do outro", "Lagartiu" e "Cartas ao Tatu" são contos que prendem a nossa atenção ao apresentar essas personagens passando pelos dramas típicos dessa fase da vida. Seja pelas relações com os familiares e com os amigos da escola, seja pelos pensamentos sobre o futuro, quando suas expectativas surgem, essas personagens despertam a nossa empatia.

Durante a leitura, passamos a sentir como se as conhecêssemos e torcemos para que tudo dê certo para elas ao final de cada história. Além disso, a escrita de Carla Caruso apresenta para nós, leitores, imagens que despertam o encantamento, pois nos levam a refletir sobre os sentidos que podemos apreender delas.

Em "Antes do outro", conhecemos a história de Cibele, que, entre a infância e a adolescência, tenta compreender a figura paterna, para ela um grande mistério. As relações familiares e o aconchego das lembranças de infância estão presentes nesse conto.

Sebastião, protagonista do conto "Lagartiu", nos convida para conhecer as mudanças pelas quais ele está passando, os seus desejos para o futuro e a maneira como ele tenta desvendar o presente. Ao encontrar e se aproximar de um lagarto teiú que está trocando de pele, os pensamentos de Sebastião avançam, e então nós, leitores, percebemos que, assim como o pequeno réptil, o protagonista também está deixando para traz uma pele que não lhe serve mais.

O conto que encerra a obra, "Cartas ao Tatu", apresenta Frederico, um menino que está passando pelos conflitos da idade e, deslocado entre a infância e a adolescência, percebe que os seus colegas de escola passam a implicar cada vez mais com o seu jeito de lidar com as coisas.

Embarcar nas histórias dessas três personagens mostra-se uma jornada muito emocionante.

TEMAS
E REFLEXÕES

AO LER as narrativas de *Antes do outro e outros contos*, acompanhamos como os protagonistas lidam com as mudanças internas e passam a ver o mundo que as cerca de maneira diferente.

Já mencionamos que as narrativas nos levam a acompanhar as angústias, os medos, os desejos e os sonhos dos protagonistas. Conforme essas jovens personagens vão transitando da infância para a adolescência, testemunhamos o seu amadurecimento, ou seja, a maneira como elas aprendem a lidar com as suas emoções.

São três histórias que apresentam como ponto em comum as descobertas e as transformações de uma nova fase da vida, assim como a busca das personagens para conhecerem a si mesmas de maneira mais profunda, compreendendo os sentimentos que as movem.

A partir da trajetória dessas personagens, nós, leitores, somos convidados a refletir sobre autoconhecimento, sentimentos e emoções. A maneira como elas amadurecem e passam a compreender a si mesmas, assim como a forma pela qual lidam com os seus sentimentos e com as suas emoções promove reflexões sobre como nós, leitores, também podemos pensar sobre o que sentimos e buscar o autoconhecimento.

Além disso, os contos apresentam reflexões muito importantes sobre a convivência com a família e com os amigos.

Assim como buscam entender a si mesmo, essas personagens tentam, durante as narrativas, compreender as pessoas ao seu redor, procurando formas de estabelecer relações saudáveis e pautadas em respeito.

Essas dinâmicas sociais, ou seja, as maneiras pelas quais as personagens se relacionam umas com as outras, tornam possível que nós, leitores, possamos refletir sobre família, amigos e escola.

Um aspecto que podemos destacar, ao pensar sobre esse tema, é o *bullying* que Frederico passa a sofrer em ambiente escolar no conto "Cartas ao Tatu". Embora reconheça que os colegas estão sendo chatos por agirem dessa maneira com ele, Frederico não consegue evitar o "frio na barriga", o "estranhamento" e as "pontadas" que ficam cada vez mais dolorosas. Ao se sentir como um "bobo da corte", ele passa a se fechar cada vez mais com medo de compartilhar as suas ideias ou de participar das aulas.

O *bullying* é uma maneira de demonstrar violência com o outro, seja ela física, verbal ou psicológica. Ao ser vítima dessa prática, Frederico se sente intimidado, acuado, como se não lhe fosse permitido participar da vida social na escola. Esse tipo de comportamento é muito cruel, pois a vítima sofre a cada novo ataque. Frederico só consegue sair dessa situação quando faz amizade com uma colega de outra classe, que o entende e gosta dele como ele é.

No nosso cotidiano, é essencial construirmos as nossas relações de maneira ética e baseada em respeito. O *bullying* é uma prática reprovável, inaceitável quando buscamos maneiras de nos relacionarmos com o outro. Esse tipo de comportamento deve ser combatido para que não seja perpetuado.

Como vimos, as histórias presentes em *Antes do outro e outros contos* colocam em evidência a maneira como as personagens se relacionam em sociedade, de maneira que as dinâmicas sociais estabelecidas com a família e na escola ganhem destaque.

AS ILUSTRAÇÕES E A EXPERIÊNCIA DE LEITURA

TODOS os elementos do livro são essenciais para que a nossa experiência de leitura seja repleta de encantamento. Como você pôde perceber durante o contato com a obra, as ilustrações de Carla Caruso tornam esse momento ainda mais rico.

Primeiramente, ao observarmos a capa do livro, relacionando o título da obra com a ilustração representando folhas de papel voando ao vento, temos a ideia de que vamos mergulhar em histórias breves. Ficamos instigados a iniciar a leitura e embarcar nesses contos para descobrirmos sobre o que eles vão tratar. Esse primeiro contato é importante para despertar o nosso interesse para a leitura.

A apresentação, escrita por Susana Ventura, é um convite para adentrar nos caminhos dessa obra cheia de possibilidades a serem descobertas. O sumário também desperta a nossa curiosidade, fazendo com que fiquemos tentados a descobrir o que cada um desses títulos carrega de sentidos para serem desbravados. Ficamos ainda mais ansiosos para conhecer essas histórias, e então, vamos desbravando o texto e nos atentando a aspectos das ilustrações, de maneira que somos transportados para a atmosfera da obra.

    Você percebeu como as ilustrações dialogam com as narrativas apresentando as personagens e cenas importantes de cada uma dessas histórias. Podemos ver Cibele com um coelhinho, Sebastião com o lagarto teiú e Frederico com um tatu. São representações que nos antecipam as jornadas dessas personagens e elementos com os quais vamos nos deparar durante a leitura. Os traços, repletos de delicadeza e cores fortes proporcionam um mergulho no encantamento proposto por essas narrativas.

    Perceba como as ilustrações tornaram a sua experiência de leitura muito mais proveitosa.

Este livro foi composto com as tipologias Abril Text e Brother 181, no inverno de 2022.